1

Helma Gerjets

De Hoff in d`
Busch

Impressum:

Helma Gerjets
De Hoff in d`Busch
1. Auflage im März 2019

ISBN: 978 375 286 91 01

Herausgeber V.i.S.P.

Selbstverlag Helma Gerjets
Oldenburger Straße 11
26 835 Hesel
04950 / 9877566
herbert.gerjets@ewetel.net

Fotos:

Helma Gerjets

Herstellung und Verlag:

Bod – Books on Demand –
Norderstedt

Wat in dit Book steiht:

Neei Frünnen 8

Bettina 11

En Froo in Huus 13

Överraschungen 17

Dat eerste Fest 20

De eerste Kinnergaarngrupp 26

Weer en Deert mehr 29

Bringt de Störk de Kinner? 32

Tied is daar! 40

Neei Mitbewohners 42

Weer en groot Fest 44

En besünners Volk 47

Wurd Wiehnachten 50

De neei Saison fangt an 53

Lena löppt! 55

Neei Frünnen

Daaglang dreef sik de Schäferhund al in 't Döörp rüm. He seeg al ganz verwahrlost ut. Dat Fell weer ganz zottelig un humpeln de he ok. He leet nüms an sik ran. Bi Helmut Heiken bleev he denn. Helmut harr sien Arko noch un de broch hüm mit. De Hund muss eerst wat to freten kriegen. „Well büst du denn un waar kummst du her? Wiest du mi dien Hundenmark?" schnack Helmut ruhig up dat Deert in. Dat leet sik sogaar van hüm strokeln. „Du büst so en feinen Polli. Du büst seker utreten. Freet di man eerst so recht satt. Denn seegt wi wieder."

De Buurnhoff van Helmut stund wiet van dat Dörp weg un verstoken in en lütten Busch. Daar föhlen sik veel Deerten woll: Katten, Höhner, Aanten, Swien un en old Koh, de kien Melk mehr geev. De old Lissy schull schlacht werden. Do weren de Kinner van Buur Lüpkes mit ehr ankomen. He schull de Koh versteken. Dat gung natürlich nich. Se bunnen de Koh aver in Schüür an un he versörg de Kinner mit Saft.

Anschließend fohren se no Buur Lüpkes un vertellen hüm, waar Lissy weer. „Kinner, wat maakt ji denn? Wööt ji nich, wo gefährlk dat is, mit so en groten Koh an Tau döör de Gegend to lopen?" De Buur maak sik nu eerst Sörgen üm sien Kinner. „Papa, Lissy is doch so leev. Daar köönt wi doch up rieden. De deit uns nix. Wi harren ok Brood mitnohmen." „Oh, Leonie! Trotzdem! De harr sik verfehren kunnt un weer döör gohn! De harren ji nich hollen. Wenn de in en Auto

8

rönnt weer! Doot dat nie weer!" Buur Lüpkes schullt recht mit sien Öllste.

„Waarüm schull de old Koh denn na d´ Schlachter? Is de krank?" Helmut Heiken wull dat nu genau wöten. „De gifft bolt kien Melk mehr. Ik leev daar van. Dat Fouer kann en anner Koh freten, de ok Melk gifft. Ik wööt, de Kinner lied ünner sowat." Günter Lüpkes duur dat ok. „Wat hett di de Schlachter boden?" „Wieso? Wat wullst du?" „De Koh kann ik woll en Tohuus geven. Dien Kinner köönt Lissy denn besöken. Ik hebb Land genoog un will sückse Deerten en Ünnerkamen beden." Buur Lüpkes harr de Klöönkast al in Hand. „ Ik roop de Schlachter an! Lissy hett dat egentlich nich verdeent. Un du dröffst

ehr so hollen. Aver fouern musst ehr sülvst!" De beid Deerns Leonie un Sina weren blied: „Wi kaamt ok immer un helpt di bi dien Arbeit."

Helmut fohr na Huus. So flink kummst bi en Koh, dach he bi sik. Na un na weren denn ok de Aanten daarto kamen. Eerst weren dat ja blot dree

Stück ween. De harren aver ehr Eier verstoken un weren denn mit Kükens ankamen. Helmut freu sik woll an sien Fedderveeh, aver he kunn de nich bröden laten as se wullen. So en Aantenbraa tüschenin schmuck lecker. Dat wurr hüm so aver toveel.

In Höhnerhuck seet nu ok noch en Gluck up Eier. Viellicht kunn he daar wat van utdoon. Oder he leet de grötter werden un leet de Eier leggen. En sülvstmaalt Schild: FRISCHE EIER schull de Kundschaft anlocken.

Arko harr nu en en Speelkameraad. Helmut harr hüm Blacky nöömt. Veerteihn Daag harr de Gemeent na de Egendömer söggt över Zeitung un sogaar Facebook. Nu schull Blacky in en Tierheim. Daar weren se bi Helmut aver an de verkehrt Adress. „De Hund hett mi as sien neei Tohuus utsöcht, denn blifft he hier ok. Schull sik daar noch well melden, wööt ji ja waar he is!" Dat gung hüm fix tegen Streek, dat he dat arm Deert weer afgeven schull.

Sogaar Lissy harr Sellskupp kregen. En Kalv, wat nich so recht lopen kunn, leep nu mit up Weid. Schaap un Zeeg funnen seker ok noch en Tohuus bi hüm.

Helmut sien best Tied weer vörbi. Nu muss he morgens up Tied upstohn. Eerst kregen Lissy un Lilly, dat Kalv, ehr Fouer. Denn gung he in Höhnerstall. Daar kemen hüm al kakelnd de Höhner tomööt. Se wullen hüm woll Bescheed geven, dat he sik sien Belohnung för dat Fouer afholen kunn – de Eier. Morgens un avends legen welk in de Nüsten. Sogaar de Aanten harr he ertrucken. Se leggen ehr Eier nu all in en Eck.

Denn stund daar noch de groot Emmer mit verscheden Karns. De kregen all de Vögels, de hier rümflattern. Daar weren Meisen, Spatzen un de schwart Peter. Sogaar de diebische Elster keem un schloog sik hier de Balg vull. Veel Frünnen un Bekannten sammeln för hüm Nöten. Bi Helmut drepen sik immer de Kattekers to freten. Dat seeg recht pläseelk ut, wo se de Nöten in ehr Vörpoten hollen. Bang weren se aver ok düchtig. En Bewegung van Ferns un weg weer de Katteker.

Dat schnack sik flink rüm, dat Helmut en groot Hart för Deerten harr. En keem an, of he sien Ponys bi hüm ünnerstellen kunn un de anner wull en Esel bringen, de Sellskupp bruuk. Sogaar en Pfauenpaar schull bi hüm intrecken.

Bettina

Eerst block Helmut dat all af. Hüm weer dat alleen all toveel Arbeit. Do dreep he up Bettina. Se weer genauso deertenmal as he. Se harr en lütten Hund, en Kater un en Papagei. Kennenlernt harren se sik, wiel Bettina in Krankenhuus muss un se Uppass för ehr Fründen sööch. Helmut versprook ehr, good up de dree uptopassen. Schull ja blot sowat good teihn Daag ween.

Na acht Daag keem Bettina up Krücken anhumpeln un wull ehr Frünnen besöken. Utrichten kunn se nix, woll mit Josi, de Papagei, schnacken un Fridolin leeg bi ehr up Schoot un leet sik strakeln. Rosi, de lütt Mischlingshund harr kien Tied. Se weer mit ehr neei Frünnen, Arko un Blacky, an toven. Man murk, dat de Deerten sik hier woll föhlen.

Aver nich blot se föhlen sik bi Helmut woll, ok Bettina. Helmut hett düchtig Tee naschunken. Se wussen soveel to vertellen un vergeten de Tied ganz. In Stall muhen Lissy un Lilly luut. De Höhner kakeln düchtig. De beid Verleevten murken nich, dat dat düster wurden weer. Se seten binanner, hullen sik bi de Hannen un weren an Söötholt raspeln.

„Wi sitt hier binanner to schnacken un schmusen un buten luurt dat Veeh! De mööt Fouer hebben." verschruck sik Helmut tomaal. „Ik help di. Dat wurd ja al düster!" Bettina wull ok al upspringen. „Nee, nee, nix d´r van! Bliev du man hier binnen. Du kannst nahst noch maal en Teepott vull Tee

12

ansetten." He wull ehr noch nich lopen laten.

Laat avends brooch Helmut Bettina mit Auto weer na Huus. In düstern wull he ehr nich mehr alleen ünnerwegs laten. „Du dröffst moorn aver gern weer komen!" verafscheed Helmut sik van Bettina. He freu sik daar al up. Jeden Dag humpel Bettina nu na ehr Frünnen un besünners na Helmut.

In Huus kook se woll maal en Pott vull Sopp oder Gulasch. Denn leet se sik van Helmut afholen. To tweed schmuck so en Eten veel beter. Ok de lecker Kook, de se backen harr, nehmen se mit up de Burenhoff. Ehr Deerten föhlen sik genauso woll as se. Bettina wull am leevsten nich weer na Huus.

En Froo in Huus

Irgendwenner truck se ganz bi Helmut in. Se hulp hüm nu nich blot in sien Huushollen. Bi de Deerten föhl se sik ok ganz woll. Nu kemen na un na all mehr Twee – un Veerbeners daarto.

De gröttste Spaaß harren se mit Hubert, de Zegenbuck. Helmut harr hüm fast tüddert, dat he dat ganz frisch Gras nich platt trappeln de. Irgendwie weer he aver loskomen un nu up Wanderschaft gohn. Un well weer mit afhauen?

13

Rosi, de lütt Hund van Bettina! Harr nich veel fehlt un de Zegenbuck harr en Verkehrsunfall verursacht.

En Froo kunn noch eben so bremsen, bevör se Hubert erwisch. Mit sien langen Lien weer he döör de Busch röönt. De Froo bund as eerst Hubert fast. Well keem daar noch kläffend achter an? So en spitzgedackelten Schäferhund! De bleek ehr so giftig an, dat se in ehr Auto flücht un de Gendarms reep. Dat weer ehr denn doch to gefährlk.

Dat düür nich lang un de Fründ un Helper keem an. Se stegen glieks mit leern Hanschen an, ut. En keem up Froo Busker daal, wull wöten wat hier geböört weer. „Ik   wööt ok nich. Tomaal röön daar de Zegenbuck vör mi lang. Ik hebb de blot anbunden. Denn bün ik in mien Auto flücht. Denn lütten Tiffker wies sien Tehnen un weer an bleken as so en Malen. Ik harr Nood, dat de mi griepen wull." Sien Kolleeg harr hüm nu anlient un up de Hunnenmark keken. Van ehr Zentraal kregen se nu Bescheed, dat de Tiffker Bettina hör.

Wat reep daar denn van wieden? „Hubert! Rosi! Waar sünd ji?" Tomaal stund Helmut up dat Padd. „Wat is hier denn los? Hubert! Rosi! Daar sünd ji ja! Waarüm sünd ji denn utreten." De Gendarms schmüstern sik en. „Hört de Zegenbuck un de Hund ehr?" „Jo, de hört up mien Hoff. Wo de afhauen kunnen, wööt ik nich. Is denn wat   passeerd?" „Nee, se hebbt Glück hat. De lütt Giftzwerg hett sien Fründ aver ganz gewaltig verteidigt." meld Froo Busker sik. So kunn Helmut de Deerten insammeln un na Huus gohn.

Bettina ehr leevst Deerten weren de Höhner. Se sörg daarför, dat se regelmässig ehr Fouer kregen. Dat wichtigst aver: Se harren en groten Utloop binnen un buten. Se wussen genau, dat se ehr Eier binnen in de week Nüsten leggen mussen. Buten harren Bettina un Helmut mitnanner riechelt, so dat se dat Utloop delen kunnen un de Höhner immer frisch Gras harren. Denn kregen se noch van't Rasen maihen de Grasschnee, de se denn utnanner kraben.

An Stroot prang nu en groot Schild: FRISCHE EIER ZU VERKAUFEN. Nu kemen immer maal weer Lüü rin un frogen na Eier. De Höhner weren aver ok noch flietig an bröden. So kunnen se na un na ok Soppenhöhner utdoon. So groot weer de Utloop nu doch nich, dat se all hollen kunnen. Ok dat Fouer köst Geld.

De Aanten watscheln up en extra afdeelt Kuntrei. Daar weer sogaar en Baadwann ingraven, dat se schwemmen kunnen. De Aanten leggen ok Eier un se vermehren sik ok. Bettina fung al sinnig an, dat se en beten Geld verdenen de.

Nu keem Bettina noch en Idee. Se harren hier verscheden Deerten. Van paar Daag weer Berta, de Esel daar noch to kamen. De harren se al to en Pony in Stall stellt. En Pfauenpaar leep nu bi de Höhner. Wat weer dat mooi an to kieken, wenn de ehr Rad schlogen. Bettina wull van Helmut sien Buurnhoff en Streichelzoo maken. Dat muss se hüm noch so sinnig bipuhlen.

15

Avends seet Helmut över sien Papieren un klaag ehr sien Leed, dat dat all so düür wurden weer. Dat weer en Chance! „Ik hebb en Idee, wo wi an Geld för de Deerten kamen köönt. Wi schöölt woll eerst wat investeeren möten. Aver denn kunn dat ganz spannend werden. Wi maakt en Streichelzoo för Kinner. Oder blot för Schoolklassen un Kinnergaarns. Wi köönt ehr wat över de Deerten vertellen un mack sünd de all. Wenn de komen willt, mööt de wat betohlen un köönt hier denn en mojen Dag verbringen. Is dat en Infall?" „Frömd Lüü hier? Dat wööt ik nich! De sitt överall mit ehr Nöös in. Daar mööt ik eerst över nadenken." Bettina maak sik al maal Gedanken, wat man all so anbeden kunn. Se kenn ehr Helmut al good genoog, dat he över sowat immer eerst bröden muss, bivöör he dat toleet. Se kunn sik dat al so recht vörstellen.

Buten en Speelplatz för de Kinner mit en Schaukel, en plattlegten, afschielten Boom to klautern. Viellicht bou Helmut sogaar noch en paar Peer ut Holt sülvst, waar de Kinner up rieden kunnen. En Wippwapp drüff ok nich fehlen. Old Gummireifen harren se woll noch un en stabil Brett ok. Bettina harr de Speelplatz al klaar plaant.

Se wüss ok al, wat se mit de Ollen maken wull. De kunnen bi ehr in Kalverstall sitten. De wull se mooi inrichten un daar Tee un Koffie un Kook anbeden. Se kunn sik dat mooi vörstellen. Eerst muss Helmut dat Ei aver noch utbröden.

16

Enes morgens stund bi ehr vör d` Döör en Kaninkenhuck mit dree Kaninkens daar in, en schwartwitten, en schwarten un en grauen mit Schlappohr. Well harr ehr dat nu woll vermaakt! Letztens weren doch eerst de beid lütt Deerns mit ehr Meerswien bi ehr upduukt. Ehr Papa much de nich lieden. Nu wohnen de bi Bettina un Helmut.

Överraschungen

Na sowat veerteihn Daag keem Helmut an en Avend an un stook en Keers an, as se binanner seten. Bettina wunner sik. Wat schull nu kamen? He seet sik weer hen un kroop diecht an ehr ran. „Wenn wi dat mit de Streichelzoo so groot uptrecken willt, denn mööt wi dat as stark Paar maken." Nu fullt de groot Keerl doch glatt up Knejen: „Bettina, ik hebb di leev. Wullt du mi heiraden?"

Bettina wuss gar nich mehr wat los weer. „Helmut jo! Stoh up! Seker will ik dat! Ik hebb di ok doch so leev!" Se look hüm hoch un leet sik en mojen Ring an Finger steken mit en mojenq Steen. „Dat weer al de Verlobungsring van mien Oma! Dat is wat besünners." Nu knuddeln un dukeln de beiden wat rüm. So en Verlobung weer ok ja wat besünners.

Helmut hullt veel van Bettinas Ideen. Ok so en Speelplatz mit veel Holt weer in sien Sinn. De kunnen se sülvst torecht timmern un dat bruuk nich all tomaal. Se kunnen ehr Speelparadies utbouen. Ok ehr Teestuuv fund he good. Helmuts Sörg weer aver, dat

17

se sik övernehmen de. Aver daar wuss Bettina Raad: „Kook gifft dat blot up Anmeldung. Tee un Koffie mit en Keks daarbi geiht al liecht." „Denn laat uns nu man sehn, dat wi na d´ Gemeent kaamt un de Andrääg stellt. Ik hebb noch en Infall. Wi köönt in uns Kalverstall doch as eerst mooi uns Hochtied fieren. So toseggen as Inweehung. Up uns Hochtied un di as mien moje Bruut freu ik mi al."

Bettina wunner sik nu doch. Dat pass all so good to ehr Ideen. Denn wussen se ja, wat se in de nächst Tied to doon harren. Se wullen entrümpeln, malern un ok noch plastern. In de old Melkenkummer schull en lütten Köken inricht werden. Water un Stroom leeg daar al.

Up en van ehr Grundstücken weer en Lindenboom ümweiht. Nu mussen se blot sehn, wo se de groot Boom na Huus kregen. De buterste Ennens van de mächtig Kroon harren Helmut un sien Fründ Berthold daar al afsaagt un as Brennholt na Huus holt. Nu muss de Stamm aver van´t Land. Se beid harren lang överleggt, wo dat gohn schull. Se wullen de dit Maal ja heel hollen. Berthold beseet en Trailer, so en groten Autoanhänger. Hier wullen de schlau Mannlüü de mit en Frontlader up legen. Mit Hannen kunnen se daar nix an bewegen. Mit Warnblinklucht truck de Klauterboom bi ehr up Hoff.

De Wippwapp wull Helmut de nächst Daag bouen. An Schüürmüür lehnen al old Autoreifen. De Speelplatz maak hüm so recht Spaaß. Token Winter wull he een oder twee Peer bouen, waar de Kinner up rieden kunnen un ok en Zug mit Anhängers. Blot mit en Schaukel seeg he sik noch nich so recht Raad.

De Köken weer ok al to Leven upwaakt. Bettina harr noch en gebruukten Köken upstöbert. De orange Schappdören weren nich ehr Geschmack. Se kööf in Boumarkt Klebefolie in cremefarben un betruck de eenfach neei. Daarto en mojen dunkeln Arbeitsplaat. De Ovend, de Spöölmaschin un dat Waschbecken weren neei. Nu leet dat wat.

Ehr Kalverstall weer nu frisch anfarvt un up Footboden leeg Laminat. De Lüü schullen doch warm Fööt hebben. Dat Möbelmant weer tosamenköfft ut verscheden Huushaltsuplösungen. Dat weer aver trotzdem gemütelk. Jeden Disch weer dat sülvig Dischdeken up un en lütten Vaas mit en Roos un en mojen Keers. Sogaar Teetassen mit Ostfresenmuster kunnen se günstig kopen. Dat weer en Glücksfall ween. Koffietassen geev dat schlicht witten daarto. Dat pass immer.

Dat eerste Fest

As eerst schull nu ehr Hochtied ween. Se wullen nu endlich heiraden. De Kalverstall wurr gemütelk schmückt. Eten leten se sik levern un Torten weren sülvstbackt. Wat dat anners noch för Bliedmakers geven schull, lager al in Köhlruum.

In en mooi lang Bruutkleed mit Spitzenärmels in cremefarben geev Bettina Helmut ehr Jawoord. Ok Helmut seeg nobel ut in sien dunkelgrauen Anzug mit sülvergrauen Schlips. Richtig edel! För Bettina harr he en Bruutstruuß besörgt mit rood Rosen un witt Fleddern. Bunden weer de mooi rund un denn hungen daar Schleifen bidaal, ok Perlen weren daar inarbeit. De Standesbeamte fund mooi Woorden. Denn wurr ehr van all Sieden dat Allerbeste un veel Glück för ehr Tokunft wünscht.

Buten stunnen Helmuts Boßelkollegen mit Boßelkrabers un Bettinas Jogadamen mit en Roos. De Rosen sammel se in, as se döör dat lang Spalier döörlopen weren. Nu mussen de Trootügen eerstmaal de Schluck ut Auto holen. De Boßlers wullen ehr Vereinskolleeg hochleben laten. De Froolüü muchen ok woll en lütten Sööpke.

Mit ehr Frünnen un Familie fieren Bettina un Helmut ehr groten Dag up ehr egen Hoff. Se harren wunnerbaar Weer, so dat veel buten statt finnen kunn. Sogaar en Musiker harr sik inschleken. Berthold harr sien Keyboard mitbrocht un speel to´n Danz up. Besünners dat Bruutpaar wurr anhollen, dat Danzbeen to schwingen, of alleen oder mit anner Partners. Dat weer en lüstig Hochtiedsfest. Tegen moorn trucken de Gasten up Huus an. Ennelk wer dat jung Paar alleen! De Nacht weer nich mehr lang. Morgens mussen ehr Deerten weer fouert werden. Allerdings wullen se ehr Fröhstück in Ruh geneten. Weer ja ok noch allerhand Leckers van güstern daar. Se seten noch so gemütelk binanner un wunnern sik, dat buten reed wurd. Wat weer daar denn al los? Daar weren doch nich al Kinner bi de Deerten? Helmut keek ruut.

„Wat maakt ji denn al hier? Wi sünd noch gar nich recht waak!" Buten up Hoff weren ehr best Frünnen al flietig an uprümen. „Dat schull noch en Överraschung werden. Dat düürt ja doch sien Tied. De Schlödel harren wi güstern al klaut, dat wi rin kunnen. De Froolüü sünd al an afwaschen. Ja un för en lütt Krümelfest is ok doch seker wat över bleven." Berthold grins hüm an. Daar weren se noch gar nich achter kamen.

„Dat schullen ji aver doch nich. Wi harren dat so sinnig ok sülvst schafft." Nu packen se mit all Mann flietig to un weren flink klaar. As letzt feeg Helmut dat Kalverstallcafé noch ut. Denn maken se sik dat an en langen Disch gemütelk. All överbleven Leckerejen wurden nu up Disch brocht. Ehr flietig Helpers schullen sik weer richtig satt eten un anstött wurr ok noch weer. Un dat nich blot een Maal. Bettina hullt so´n beten de Överblick. En muss ja de Deerten versörgen.

As sik all verafscheden, wunner se sik aver, wo fit

Helmut noch weer. „Mukel, du büst ja gar nich so duun? Dat freut mi! Wo hest du dat denn anstellt?" „Ik wull di doch nich mit de ganz Arbeit alleen laten. Ik kann good en Schluck döörbieten. De annern hebbt dat bolt nich mit kregen un an en Buddel Beer kannst ok lang nuckeln." „Ik hebb extra wenig drunken. De Deerten sünd ja daar. Nu laat uns eben kieken, wat wi all geschenkt kregen hebbt." Daar weren Handöker, Dischdekens, ganz veel Blömen. All Gasten harren sik wat mois infallen laten.

Helmut harr güstern al soveel Flachgeschenke rinbrocht. Daar mussen se nu noch inkieken. Bettina harr nich gern soveel Geld in Huus. De Karten legen nu in Gefriertruhe ünner de Sönndagsbraden. Daar keek bestimmt nüms in wegen Geld. Van Avend na´t Fouern wullen se sik bi en gemütelken Tass Tee över de Ümschlääg her maken. Eerst mussen se hier ünnern nu noch allens weer schier maken. Moorn kunnen ja al Besökers kamen.

Mitnanner rümen se graad up, wuschen dat Plöötz af un rümen dat an Oort un Stee. Denn noch de Footboden in ehr Kalverstall schier maken. So kunn moorn de ganz normale Alldag losgohn. De Hochtiedsreis fullt ut.

Na´t Fouern un Avendbrood maken se sik över ehr Karten her. Bettina maak ehr open un hol dat Geld daar ruut. In jeder weer en üm anner Schien in. Se list dat mooi up, dat se later noch wöten deen, wat se all so geschunken kregen harren. Helmut verstau ehr denn weer un leeg ehr in en mojen Körv. Dat Geld wander in en Gefrierdöös. Bi geschloten Jalousien seten de Beid to Geld tellen. Schull nüms wöten, dat se so en groten Geldsumm in Huus harren. In de Gefrierdöös verschwund dat weer ünnern in Truhe. Moorn schull de eerste Gang na d´ Bank gohn.

Helmut un Bettina trucken sik al up Tied torügg. De letzt Daag weren anstrengend ween. Midden in Nacht, dat weer woll so halv dree, bleek Blacky so düchtig,

dat Bettina senkrecht in Bedd seet. Wat weer mit de Hund los? De bleek anners doch nich. „Ik kiek to!" meen Helmut. „Wees aver vörsichtig. Well wööt wat daar los is!" „Ik nehm de Kersenstänner." flüster he. „De is ut Iesen." He schleek bi de Trepp andaal. Bettina hullt dat ok nich in Bedd. Se drück sik an de Müür lang na ünnern. Helmut inspezeer dat Huus. Immer daar up bedacht, dat hüm en

Inbreker in Mööt keem.

De Hund knurr weer düchtig, harr sien Ohren upstellt. Wedder bleek he. Bettina un Helmut seten nu lachend binanner up Trepp: „De drööömt seker van en Haas, de he nich kregen hett. Nu schellt he de düchtig ut." Dat düür en lütt Sett, dat Blacky sik entspannen de un ganz ruhig wieder schleep. „Wöötst du wat mi wunnert? Waarüm hebbt Arko un Rosi nich bleekt? De reagiert anners doch gliek." Dat weer en komischen Nacht. Nu kunn dat Paar aver beruhigt in ehr Bedd krupen. En paar Stünnen bleven ehr ja noch bit de Pflicht reep.

An de nächst Moorn seet ehr de Nacht noch in de Knaken. Sowat harren se noch nich beleevt, dat en Hund so drömen kunn. Se weren doch beid Hunnen wehnt. Nu schull dat aver eerst för all Fouer geven. Helmut fung in Schüür bi Lissy an un Bettina gung in Höhnerstall. Hier sammel se de Eier van ehr flietig Damen in. De Höhner harren sik ehr Karns un frisch Water verdeent. Denn luren de Aanten. Hier keek Bettina genau, waar woll en Ei verstoken weer, flink noch wat Water in de Trog. Nu bi de Pfauen lang. De krakeelen al. Denn muss se för de Swien Freten anröhren. De harren dat am besten. De kregen de Resten ut Köken un dat weer vandaag dat Hochtiedseten. Se schmatzen luut ehr Trog leeg.

Ok Helmut harr sik bit in Peerstall vörarbeid. As letzt kregen se na 't Duschen wat to eten un drinken. Bettina sprung as eerst ünner de warm Bruus un denn graad in frisch Tüüg. Ünnerwegs sett se al Teewater up un de Eierpott stunn ok up Ovend. Wenn se antrucken weer rünner keem, kook dat Water un de Eier kunnen daarin. Nu graad de Disch deckt, denn kunnen se in Ruh mitnanner fröhstücken. Se wullen ja glieks ünnerwegs un dat Geld wegbringen.

Helmut un Bettina verschloten sörgsaam dat groot Poort na ehr Grundstück rupp. Se wullen nich, dat ehr de Deerten ünnerwegens gungen un ok nich, dat sik daar alleen well uphollen de. De Deerten harren ok ehr egen Kopp un bruken doch ehr Uppass. Namiddags weren se weer daar un bi ehr kunnen nich blot Kinner kamen.

Dat weer in't Döörp nich verburgen bleven, dat se sik tosamen doon harren. Daarüm kemen Sina un Leonie mit ehr Mama to graleeren. Se brogen en Pottblööm mit un en Goodschien van de beste Kroog in't Dörp. Daar kunn Helmut sien Bettina denn maal hen utführen. Sogaar verscheden Kunden kemen bilang mit Klenigkeiten as Geschenk: maal en mojen Schaal mit Schlickers oder ok ganz praktisch Geschirrhandöker. De kunnen se nich blot in ehr Huushollen bruken sünnern ok in ehr Teestuuv. Bettina nöög all to Tee drinken. Se zauber sogaar Kook up Disch. För de Kinner geev dat Sprudel un Sööts. Se kunnen up de Speelplatz spelen un na de Deerten to striekeln. So kunnen de Mamas in Ruh binanner sitten. All föhlen sik mitnanner woll. Hunnen un Katten lepen daar tüschen rüm. Kien Kind maak sik daar bang vör. Dat freu Helmut am mesten.

De eerste Kinnergaarngrupp

Af token Week schull de eerst Kinnergaarngrupp bi ehr kamen. Se maken ehr Utflug na ehr. Denn schull bi ehr in ehr Teestuuv fröhstückt werden. Bettina harr versproken frisch Brood to backen un Eier to koken. Ok mooi sööt Marmelaad luur in Spieskamer.

Dat weer sowiet un jeden Kinnergaarnkind broch en enkelten Blüte mit för Bettina. „Herzlichen Glückwunsch!" graleeren en na de anner un övergeven de. Dat geev en mojen groten, bunten Blömenstruuß. Se stell de up en Hocker in ehr Teestuuv, dat all de sehn kunnen. Wat weren de Kinner stolt, dat se so en mojen groten Blömenstruuß mitbrocht harren. För Bettina weer dat ok wat ganz besünners.

De Maanten gungen daarhen. Bettina schmück ehr Teestuuv passend to de Johrestied. In Sömmer stunnen veel bunt Blömen bi ehr in Teestuuv, in Harvst verdeel se binnen un buten Kürbis un mit Loov verziert Kersenglöös. Mennig Kürbis weer ok gruselig utschneden un en Lucht instellt.
To Wiehnachten glitzer en Wiehnachtsboom mit dick Kugels, Schleifen un Kersen bi de Infohrt. In ehr Teestuuv hung en mojen Adventskranz.

Helmut harr en besünnern Upgaav hat. He muss en Dauerlebkokenhuus bouen ut Holt. Dat wull Bettina nit Sötigkeiten bekleven. Immer wenn Kinner kemen, drüffen se daar van eten. Dat wull se jeden Dag weer upfüllen. Dat schnack sik flink rüm.

Bolt all Kinner ut 't Dörp kemen up ehr Hoff un brochen för de Deerten Brood un Wuddels, Appels un Zucker mit. Allerdings drüffen se de Deerten daar nich eenfach so mit fouern. Brood drüffen de Peer nich, wenn dat frisch weer. Zucker weer ok nich gesund för de Deerten. Un de Appels kemen mestens ut Supermarkt, un de weren sprützt. De mussen noch düchtig wuschen werden. De Kinner kregen aver as Uttusch anner Fouer in Hand. Mit de Tied wullen se lütt Tuten mit Fouer to Verfügung stellen. In Moment leep dat noch ganz good. De Deerten freten anners nich mehr to ehr Fouertieden.

Dat ehr Streichelzoo so good annohmen wurd, harren Bettina un Helmut nie mit rekent. Ehr Eier wurden se liecht los. Ok de Höhner, de schlacht wurden, kunnen se good verkopen. De öller Deerten bleven to striekeln. All Nawass kunnen se nich hollen. So wurden denn na un na Kaninken, Aanten un Göös schlacht un anboden. Ehr lütten Laden leep. Sogaar mooi verpackt Geschenkgoodschiens wurden bi ehr köfft.

Bettina harr so richtig Spaaß daaran hat ehr Hoff to dekoreeren. Se harren sik fiev Wiehnachtsbööm van sowat 1,50 m Höcht in en Pott köfft. De harr se in en Früchtsack stoken, waar se en breden roden Schleif ümto bund un up de ganz Hoff verdeel. Överall lüchten se nu. Fehl blot en Braadwurstbuud un en Glühwienstand. An de letzt Adventssaterdag stell Helmut sien groten Grill up un grill höchstpersönlich de moiste Wursten un bi Bettina in ehr Teestuuv rook dat mooi würzig na Glühwien un Spekulatius.

Daar drängeln sik ok de meest Lüü an de kolt fröstig Dag. Unverhofft keem sogaar de Wiehnachtsmann vörbi un verdeel Schokolaa. Nu schull bi Helmut un Bettina ok Wiehnachten werden. Se schmücken sik ehr Wiehnachtsboom in best Stuuv. An heilig Avend leten se sik en lecker Eten schmecken un ok Wiehnachten maken se sik dat gemütelk alleen oder mit Frünnen oder Familie.

Tüschen de Fierdaag leten se ehr lütten Deertenpark un ehr Hoffladen to. Allerdings duuk noch de en oder anner Besöker up, de Eier kopen wullen. Kunnen se ok. De Höhner leggen ja wieder.

Silvester fieren Bettina un Helmut bi sik in Huus mit good Frünnen. Up Disch stunn de groot Raclettegrill un rund ümto riekelk Gemüüs, verscheden Käässorten un lecker Brootsorten daarto noch verscheden Sorten Fleesch. Allerdings drüff bi ehr nich ballert werden. Se sörgen sik daarüm, dat ehr Deerten dat nich af kunnen. De Hunnen maken sik bang un de Katten verkropen sik. Sogaar de Peer un de Zegen hauen in Schotten in d´ Schüür. Se verschrucken sik van de Knalleree. Glieks na Neeijohr gung de Alldag weer los. Blot ehr Teestuuv wull Bettina noch nich regelmässig open maken, blot wenn sik en Grupp anmeld. De kunnen sik denn de Toort utsöken. För de 16. Januar weer en Geburtsdagsgesellschaft anmeld. Hier geev dat denn namiddags noch Beer un Wien. Anfang Februar schull noch en Verlobung fiert werden. Daarto mussen se Sekt besörgen. Langsaam mausern se sik to en lütt Lokaal. Eenzigst warm Eten leten se sik to levern van en Köken ut Naverdörp.

Weer en Deert mehr

Enes Daags keem de Veehdoktor bi ehr up Hoff fohren. De harren se doch gar nich bestellt. Ehr Deerten gung dat good. Doktors sütt man bekanntlich am leevsten van achtern, ok Veehdoktors. Ditmaal wull he aver Hülp van ehr: „Kiekt maal, wat ik hier

29

hebb, en lütten Kater. De hett al en en groot Beleevnis achter sik."

Bettina strakel de gliek: „Wat büst du denn för en nüten Pussi? Büst du denn krank, dat du van de Doktor brocht wurrst?" De lütt Kater keek ehr ganz verschrucken an. „De is mi güstern brocht wurden. Bi en jung Paar in Auto harr he sik in de Verkledung verkropen un is so över 500 Kilometer mitfohren. Ünnerwegens hebbt se nix mitkregen, aver bi Huus jauel daar en Katt. De junge Mann hett söcht un hett disse lütte Gesell funnen. Se wussen nich waar hen daar mit un blöden de he ok noch an sien Schuller. Ik hebb hüm versörgt, blot bi mi in Praxis kann ik de nich hollen. Do kemen ji mi in Sinn!"

„Laat de man hier. Wi päppelt de al up." Bettina harr de lütt Kater al up Arm nohmen. „Wo heetst du denn? Du hest noch ganz kien Naam? Du süttst ut as Maxi mit dien Stipp ünnert Oog." Schienbaar föhl he sik al woll bi ehr un dukel sik an. „Kiek maal Helmut, wi hebbt en Deert mehr. Nu hört Maxi ok to uns!" He harr dat al de ganz Tied beobacht. „Doktor, is de impft? Dat mööt ween. Ik kaam daar noch weer mit her. Dat musst du noch maken. Denn löppt dat." Helmut wull kien Krankheiten ünner sien Deerten verbreden. De Veehdoktor leet sik daar up in un fohr tofree na Huus. He harr en good Wark doon. He wuss ok, dat de lütt Kater, de nu Maxi heet, dat bi Helmut un Bettina good harr. Daar weren al faker Deerten ünnerkamen, de hüm krank oder versehrt in sien Praxis brocht wurden. In Mai wurden de Besökers weer mehr. De Arbeit aver ok. In de Stallen seten nu de Vögels un ok de Höhner to bröden. De Aanten un Göös harren ehr Nüsten upsöcht. Sogaar de Pfauen seten up dree Eier. Wenn daar en van utkeem, wullen se tofree ween. Dat weer denn maal wat upsünners.

Sogaar de olle Lissy in Stall weer trächtig. Veehdoktor Pinkepank harr ehr gründlich ünnersöcht un se weer gesund. Denn schull se noch Maal Nawass kriegen. Sogaar dat Pony kreeg en Fohl. Nu weer Helmut noch faker in d´ Schüür bi sien Peer to putzen. In jeder Stall geev dat Nawass. Blot bi de Meerswien passen se up, dat de sik nich paaren. Denn geev dat daar noch en, de gern in anner Ümständen weer, Bettina. Bi ehr harr dat bitlang noch nich klappt.

De Buren weren düchtig an maihen. Se maken Grassilo, aver ok Heu. Dat Weer laad daarto in. Up de fuchtiger Ackers an Kanaal stolzeeren af un to noch Störken to Poggen fangen. Dat weer doch en selten Anblick. Se weren selten wurden. Geev nich mehr veel Poggen.

De arm Störken leven gefährlk. De Buren maihen mit ehr groot Maschinen. Se översegen to liecht de Störken un ok de Rehkitz.un verseren de. Maal harren se ehr an´t Been erwischt oder ok irgendwaar an´t Liev. Denn behannel Doktor Pinkepank de un to utkureeren kemen de denn bi Helmut up Hoff. Ditmaal harr dat en Störk erwischt. En Maihwark harr hüm en Stück van sien linker Flögel afhauen. Nu kunn he nich mehr flegen. He seet ganz verunsekert in de Verschlag. Helmut fohr extra na de Stadt un besörg lütt Fischen, de se an hüm verfouern wullen. Poggen weren schlecht to kriegen. Fisch keem in de Gefriertruhe un wurr na un na updaut.

Bringt de Störk de Kinner?

De Störk weer de Star up ehr Hoff. Veel Kinner harren noch kien Störk van dicht bi sehn. Blot dat de Störk de Kinner bringen de, daar glööv kien Kind mehr an. Well daar aver weer an glööv, dat weren Helmut un Bettina. Bettina weer in de letzt Weken immer so kaputt ween. Denn weer ehr morgens so komisch ween. Do harr se sik up Padd maakt na ehr Froolüüdoktor. Hier leep glieks en groot Ünnersökungsprogramm af. As Bettina weer up Stroot stund, schweev se as up Wulken. Se kreeg en lütten Pupp! Se wurr Mama! Schull Helmut sik ok woll freuen över de neei Situation? Se kööf en lütten Nuckel, as se in dat groot Koophuus weer.

„Wat fehlt di? Wat hett de Doktor seggt?" froog he glieks besörgt. „Kumm man eerst mit rin. Nich hier buten vör all Lüü." maak Bettina dat spannend. Nu kreeg Helmut Nood. Schull sien Leevste schlimm krank ween? Waarüm see se hüm dat hier buten nich? Se keek doch so blied ut! Do wies Bettina hüm de Nuckel. Un wat maak Helmut? De stunn vör ehr un Tranen lepen hüm över de Wangen: „Dat ik dat noch beleven düür! Ik weer Papa! Stummel, en grötter Geschenk kunnst du mi gar nich maken." Helmut hullt ehr in Arm un drück ehr so düchtig. „Nu dröffst du aver nich mehr soveel in uns Teestuuv arbeiten. Du musst di schonen. Wi stellt Hülp in." „Ik glööv nu weer an de Störk. De hett uns Glück brocht. Ik freu mi so!"

Nu muss sik in ehr Hoffladen un ehr Teestuuv wat ännern. Bettina drüff nich mehr schwaar bören un dat lopen un stohn fullt ehr ok bolt stur. Se funnen flink twee nett Froolüü, de ehr uthulpen. Se delen sik de Arbeit. Tüschenin weer Bettina in d´ Köken an backen. Daarbi kunn se immer weer Paus maken. Ehr Lief wurr all runder. Aver de Doktor harr genau keken. Twengels kreeg se nich.

In de ruhiger Tied na Wiehnachten maken de künftig Öllern sik an dat Renoveeren van de Kinnerstuuv. Tegen ehr Schloopstuuv weer en mojen lechten Kummer. Dat Schapp keem in dat Büro. Daar bruken se sowieso noch Bott to lagern. Denn weer daar noch Helmut sien old Bedd. Dat harr nu utdeent. Se rümen mehr Kamers un ok de Böön up. Daar stund en groten Bült an Stroot för de Sperrmüll. En besünnern Fund maken se up de oll Böön aver doch: in de üterst Eck stund ganz verstoken un verstoven de old Weeg, waar al Helmut in legen harr. Helmut transporteer de na ünnern. Bi Daag bekeken se sik de genauer. Dat weer good Holt un schienbaar harr de Weeg ok noch kien Mitbewohners. Bettina harr de Stübber al in Hand un bössel de ganze Stoff rünner. Do kemen eerst de mooi Schnitzerejen to´n Vörschien.

„Wi bringt de Weeg na Dischler Focken. Daar sünd noch dree Generationen in Bedriev. De Junior, de Senior un de Opa helpt tüschenin ok noch mit. Daar

33

laat wi de reinigen un uparbeiten. Wat meenst du?" Helmut wull sien Nawass ok geern en mooi Bedd torecht maken laten. „Jo, dat is en goden Idee. De köönt ok glieks na Holtwürms kieken." Mitnanner brochen se ehr Fundstück hen to uparbeiten. Se harren Glück, dat Opa Focken daar in Warkstee weer.

„Dat wurd mien persönlich Arbeid. De maak ik jo so richtig mooi schier. Kiekt in veerteihn Daag man maal rin, wo wiet ik bün." Nu kunnen se de Stuuv neei tapezeeren un ok neei Footboden leggen. Denn muss noch en Schapp, en Stohl un wichtig: en Wickeldisch köfft werden. Se funnen flink Möbel, wat bi de Weeg pass un waar se later noch en groot Bedd to kopen kunnen. So langsaam wurr dat gemütelk. Tüschenin weren se noch Maal bi Opa Focken ween. He harr ehr toseggt, dat he token Week de Weeg bringen wull. Denn weer Tied to Matratz, Himmel un Todeck to kopen.

Bettina weer in jeden frejen Minut in Internet an kieken. Se wull en gebruukte Erstlingsutstattung kopen. Se keek daar up, dat dat Tüüg weder rosa noch hellblau weer. Helmut un se wullen sik överraschen laten, wat se kregen. Ehr weer en Jung oder en Deern recht. Hauptsaak gesund! Neei wull se blot en Garnitur kopen un en Mütz un Jack, de up de eerst Weg na Huus anschullen. De Maxi – Cosi luur al bi ehr in Huus. De harr ehr en good Bekannte to en goden Pries verköfft.

Bettina wuss, dat jüst dat lütt Kinnertüüg nich afnützt weer.. Nu mussen se noch en Kinnerwagen kopen.

Helmut un Bettina weren in verscheden Ladens ween un harren sik beraden laten. Blot dat Gefährt weer ja bolt so düür as en Gebruuktwagen. Nu överleggen se, of se daar ok in´t Internet kieken schullen. In´t Bladd in de Kleinanzeigen luren se ok. Do keem en junge Froo in ehr Teestuuv. Se schoov noch en lütten Bödel in Buggy un de grötter Deern hör to de Kinnergaarngrupp, de vandaag de Streichelzoo besöchen. Se keek ehr van ünnern bit boven an.

„Se kriegt ehr Pupp ok bolt?" „Jo, sowat veer Week noch, denn schullen wi allens paraat hebben. Man wunnert sik, wat man all so bruukt." sinneer Bettina. „Jo, dat wööt ik. Wi sünd nu sowiet, dat wi weer an verkopen sünd. Kann ik noch mit irgendwat helpen. Wat bruukt ji denn noch?" De jung Froo, Lilian Krämer, heet se, bout ehr noch verscheden Saken an. „Wi köönt ja eben uns Kinnerstuuv kieken. Denn fallt mi seker noch dit of dat in oder di fallt wat up. Ik segg graad Bescheed." „Jo, ik ok. Nich dat Inga mi vermisst."

De beid jung Froolüü gungen in de mooi renoveert Kinnerstuuv. „Hier vör dat Fenster schall de mooi Weeg stohn. De bringt Dischler Focken de nächst Daag weer. De hett uns de uparbeit. Denn goh ik hen un koop Himmel, Matratz un Todeck." vertell Bettina stolt. „Hebbt ji denn al Luren, Stoffwindeln un Papierwindeln? De Papierwindel kannst flink kopen, aver de annern? Wo sütt dat denn mit Erstlingsutstattung un Kinnerwagen ut?" De Tweefachmama wuss genau, wat man all bruuk.

„Wegen dat Kinnertüüg kiek ik in Internet un Kinnerwagen mööt wi ok noch weer achter to."

„Kaamt van Avend doch eben bi uns. Ik hebb all mien Tüüg noch. Uns Kinnerwogen hebb ik ok noch stohn. De hebb ik vergangen Week eerst rein maakt." bout Lilian ehr an. Bettina weer begeistert. Denn kunn se utsöken, wat se hebben wull. Se keen de Lüü, waar dat her keem. „Dat is en goden Idee. Ik kaam van avend mit Helmut her. Wo laat passt jo dat?" „Inga is üm söben in Bedd. Bi Arne is dat ja wat unregelmässig." Bettina freu sik. Denn kaamt wi her. Du kannst ja al maal kieken, wat du so hest un wat du daar för hebben musst."

Se weren weer in´t Café ankamen un Bettina schunk noch maal Tee in. Mitttlerwiel weren ok de anner

Mamas mit ehr Kinner rin kamen. Se kregen ok Tee un Kakao un sülvstbackten Rosinenstut.un witten Stut mit Botter un Marmelaad. Se leten sik dat all good schmecken. De Zoorundgang enn mestens mit en good Fröhstück. Wenn de Kinner dat in Huus woll nich eten, aver de Gruppenzwang de veel. Gliek na middag kunn Bettina Helmut in Ruh vertellen, dat se avends en wichtigen Termin harren. He weer blied, dat ehr Puppenstuuv so langsaam klaar wurd.

„Du leggst di nu aver noch eben hen un verhaalst di. Ik hebb dat woll mitkregen, dat du weer överall an rödeln weerst." Nu murk Bettina ok dat se dat in Krüüz harr un sik henleggen wull. Van Avend wull se ja weer fit ween. Annerthalv Stünnen leeg Bettina up Sofa. Eerst keek se noch in de Kiekkast un denn dummel se so langsaam in de Droomwelt. Tegen Teetied reep Helmut ehr denn aver. He wuss, dat ehr dat de leevste mit hüm weer. Denn beschnacken se veel wichtig Saken.

„Vörhen hett de Veehdoktor anropen. He wull uns noch en Deert bringen. Daar maak he en groot Geheimnis ut. Wat dat schall? Dat hett he doch sien Leev noch nich doon." „Well wööt, wat he uns ditmaal bringen will. Laat uns vörsichtig ween." Bettina harr dat in Luur, wenn Doktor Pinkepank so nafraag.

Ditmaal keem he mit en Körv an un maak de vörsichtig open. Do ziers dat ok al un Bettina week torügg. „Maak de Körv dicht! Bring de sofort weer in dien Auto! Dat is en Schlang un de nehmt wi nich! Ik

hebb daar so en Nood för. Du musst daar nu mit reken, dat ik Alpdrööm hebb." De Veehdoktor broch de Körv gliek weer in sien Auto. „Ik harr Helmut ja glieks fragen kunnt. Denn harr ik mi de Tour sparen kunnt."
„Du musst ok nich mit Rötten un Müüs kamen. Dat reicht, wenn sik hier af un to en her verirren deit." Bettina stell glieks klaar, wat se för Deerten lieden much un weckern nich. „So keen ik di ja gar nich. Hest du denn ok wat tegen Insekten? Oder wenn ik jo en komplett Immenvolk bringen de?" „Nee, tegen so en Krabbelgetier hebb ik nix. Aver so en Immenvolk? Daar musst di ok mit utkennen! Un dat doot wi nich. Dat weer aver noch maal en Idee, üm de Kinnergaarn- un Schoolkinner dat to wiesen. Aver eerst will ik mien Pupp kriegen. Denn denk ik daar maal över na."

Avends maken sik Bettina un Helmut up Padd na Familie Krämer. Hartlik wurren se empfangen. Lilian harr de Windelkartons al van d´ Böön holt. So kunnen se sik dat Tüüg in Ruh ankieken. „Ik maak uns eben en Pott vull Tee, denn lett sik dat beter schnacken." Weg weer Lilian al. Bettina seet al mit Nöös in de Kartons. Se wuss gar nich, wat se toeerst kieken schull. Dat Kinnertüüg weer all so mooi un so good uppasst.

Nu keem Andreas noch mit de Kinnerwagen rinschuven. Bettina un Helmut keken sik an. Se weren sik enig. Dat weer up jeden Fall ehrns. De Barg mit Kinnertüüg wurr all höger. Dat bruuk se niemaals.

Lilian muss ehr helpen. Bettina schnüster in en annern Karton. Daar weren noch Beddbezüüg passend to de mooi Kinnerwagen in. De wull se ok hebben. „Lilian, du musst mi helpen. Wat bruuk ik hier van? Ji hebbt soveel mojen Kraam. De Kinnerwagen will ik geern hebben. Aver wat bruuk ik an Tüüg?" Lilian keem eben mit dat Tablett mit Tassen un Teepott rin. Sogaar lütt Koken harr se nich vergeten. Graad verdeel se dat un schunk Tee in.

„Söök di wat ruut un denn stop ik di al." Mitnanner söggen se nu Stramplers, Jäckchen un Bodys ruut. Ok twee Schloopsacken kemen up de Hopen. Wenn ehr Nawass denn daar weer, wull Lilian noch wat in hellblau oder rosa daarto doon. Sogaar en mooi Baadlaken mit en Kapuuz weer in en Karton verburgen. „Bi di kannst ja bolt so good inkopen as in en Laden. Du hest ja Kinnertüüg in veel Grötten. Wi mööt hier faker her!" meen Bettina lachend. Ik nehm en Grundutstattung mit un de Kinnerwagen. Wat wullt du daarför hebben?" „Ik hebb mi överleggt van van 150 €. Denn wasch ik di dat all noch maal. Du wöötst, dat en tokünftig Mama ehr Kinnertüüg nich sülvst waschen un torecht maken schall. Daar bün ik overglöövsk in. Dat maak ik di all paraat un bring di dat her mit de passend Farv, wenn jo lütt Pupp daar is. Dien eerst Dracht maakst du di sülvst torecht." Van de Bruuk harr Bettina ok al hört, aver se harr ok nüms fragen kunnt. Se weer Lilian recht dankbaar. So nehmen Helmut un Bettina blot de Kinnerwagen mit. Anner Dag kregen se nu ennelk de Weg weer torüüg. Nu kunn Bettina de utstatten. Dat wurr Tied. Ehr Liev wurr all runder. Helmut leet ehr nich mehr alleen ünnerwegs. Mitnanner wurden nu all Saken besörgt, de noch fehlen. Dat weer kien Week to froh.

Tied is daar!

Bettina muss in Krankenhuus. Ehr lütt Pupp wull up Welt. Helmut un Bettina wurren Papa un Mama van en lütt Deern! Se schull Lena heten. En Paar Daag muss Bettina woll in Krankenhuus blieven. Denn truck Lena bi ehr up Hoff in. Nu weer de ganze Dagafloop anners.

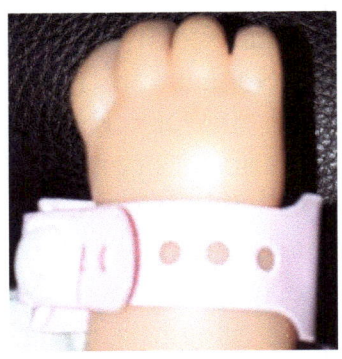

Lilian harr Woord hollen un ehr en groten Wann mit Tüüg in de Kinnerstuuv stellt. So, dat se dat blot noch in Schapp rümen muss. De eerst Weken weren anstrengend. Nachts geev dat nich veel Ruh un de Deerten fördern ok ehr Recht.

Nu harr Helmut en Hülp bi sien Deerten kregen. Daar kunn he sik denn ok en Middagstünn leisten. So en jungen Papa harr dat nich liecht. Mitnanner kregen Bettina un Helmut dat aver hen. Langsaam fung Bettina al weer an, in ehr Teestuuv to helpen. De eerst Torten stammen nu weer ut Bettinas Hand. Se harr in de letzt Tied ja Mögelkeiten hat in Zeitschriften to blödern, so dat denn maal een of anner neei Sort up Disch keem. Je mehr daar up prohlt wurr, je faker wurr de backt.

Achtern in ehr lütt Köken leeg extra en Heft, waar Bettina ehr Rezepten in schreven harr. So kunnen ehr beid Froolüü, Karin un Ingrid, na ehr Rezepten backen. Sogaar Rezepten för Brood un Brötkers stunnen daar in. Se backen bolt allens sülvst. Dat lock besünners Fröhstücksbesökers an. Ok de sülvst kookt Marmelaad un Joghurt schmuck besünners good. De Froolüü harren würgelk en good Hand. Se kunnen genauso good backen un dekoreeren as Bettina. De Teestuuv leep un wurr all gemütelker.

Nu seet daar de oll Tant Peti Huusmann bi en Stück Appelkook un Tee. Se keek so üm sik to un nu brummel se sik in d´ Baart: „Hm, hm! Dat passt! Dat geiht good.“ Se dreih sik weer hen un her. „Jo! So schall dat ween!“ Nu reep se Karin, de harr van namiddag Deenst. „Is de Baas to spreken?“ Karin wunner sik. „Is wat nich recht? Weer de Kook nich good oder de Tee nich heet?“ „Hey wat! Dat geiht üm wat anners. Also is se daar?“ „Jo, ik roop ehr.“

Bettina seet mit Lena. „Dat düürt noch en Moment. Eerst mööt ik Lena klaar maken. Denn kaam ik. Wat will de denn? Hett se dat seggt?“ „Nee, se dee aver al so komisch. Ik wööt nich.“

Karin gung weer in Teestuuv un geev weer in Teestuuv un geev de oll Daam Naricht. „Ja, is good. Ik hebb Tied. Bringt se mi man noch Tee.“ Daar seet se nu un keek all in Runden. Bettina keem mit Lena in Kinnerwagen anschuven. Se drüff de good Luft buten inaamen. Ehr Mama sprook Peti Huusmann an, wo se ehr helpen kunn. „Mien Deern, hol di man eerst

41

en Tass. Tee is hier genoog. Dat düürt länger."

Neei Mitbewohners

Bettina wunner sik all mehr. Wat schull daar kamen? Se leet ehr vertellen: „Ik bün ja nich mehr de jüngste. Nu will ik mi na un na van all afmaken, wat mi unnödig belast. Dat fangt bi Möbel un Geschirr an. Ok all so Stohinweg verdeel ik. Nu steiht bi mi noch en Aquarium mit all verscheden bunt Fischen. Ik sitt daar egentlich gern vör to beobachten, blot daar is Arbeit mit.

Wenn ik denn maal nich so good up Stück bün, fallt mi dat nich so liecht. De mööt fouert werden, denn regelmässig rein maakt, dat heet ok dat Water wesselt un kösten deit dat ok all. Nu hebb ik mi överleggt, of de Fischen hier nich en neei Tohuus finnen kunnen. Ji hebbt soveel Deerten. Daar fallt de Fischen bolt nich up. Ik hebb ok al keken. Daar achtern an de Müür kunn dat Aquarium mooi stohn."

Bettina keek in de Richtung. „Daar fraagst du mi wat. Ik denk daar över na un schnack mit mien Mann. Laat mi man dien Telefonnummer hier. Ik meld mi denn." Bettina muss daar eerst in Ruh över nadenken.

Dat weren ganz anner Deerten. Aver se kunn sik dat good vörstellen, dat daar en Aquarium stunn. Dat kunn spannend ween för ehr Besökers besünners de ganz lütten. In ehr Teestuuv seeg dat bestimmt mooi ut. Wat schull noch woll mois an Deko in de Wohnuung van de oll Froo ween? Se muss mit Helmut schnacken. Dat interesseer ehr.

Helmut leet Bettina free Hand. Anner Dag reep Bettina gliek bi Tant Peti an un verafred sik. Se kunn namiddags al kamen. Ehr gungen de Ogen över, soveel mojen Kraam hung hier an an de Wanden. Wat weer de Wohnung lecht un gepflegt. Hier muss de oll Daam sik ja woll föhlen.

Dat Aquarium weer en besünner Stück. Daar ünner befund sik en stabil Schapp. Dat schull komplett weg. Bettina bruuk nich lang nadenken. Dat wull se gern hebben. Se seeg dat al an Oort un Stee stohn. „Jo, ik will dat Aquarium gern hebben. Dat passt good in uns Teestuuv. Ik glööv, dat sik daar groot un lütt an freut. Helmut un uns Tobias kaamt de nächst Daag her, bout de af un nehmt de mit. Blot wat mööt ik daarför betohlen?"

„Nix, ik freu mi, wenn de Fischen en neei Tohuus find un dat good hebbt. Ik kann woll af un to maal kamen to Tee drinken." „Jo, so faken du magst un denn büst du uns Gast!" Bettina dreef Helmut un Tobias nu an, dat se dat Aquarium holen. Se freu sik al up dat Neei in ehr Teestuuv.

Dree Daag düür dat noch bit de beid Mannlüü dat

mooi Aquarium upstellt un dat Water infüllt harren. Mooi tempereert mit en mojen Landschaft daar in kemen as letzt de Fischen ut de Emmer vörsichtig mit wat Water daarin. Sie schienen sik glieks woll to föhlen. Avends seet de komplette Belegschaft mitsamt Lena in de Teestuuv un beobachten dat Aquarium. Lena leet ehr Ogen daar ok nich van. För ehr muss dat glitzern besünners mooi ween.

Weer en groot Fest

Bolt stunn Lenas eerst groot Fest bivöör: ehr Dööp. Helmuts Fründ Berthold un Bettinas Fründin Hanna schullen ehr to Dööp hollen. Se freuen sik al düchtig. Fiert werden schull dat in de Teestuuv. Koken schullen Ingrid un Karin. Bettina wull mit ehr allens vörbereiten. En mojen Cremesopp, twee Sorten Fleesch, Gemüüs un Salaad un Tuffels schull dat geven. As Nadisch geev dat en Schichtspeis. Se harren bolt de ganz Saterdag in Köken stohn un nebenher noch in de Teestuuv bedeent. Weer aver nich soveel los ween. All stunn dat avends vörbereid paraat ok en paar mooi Torten, de Bettina backen harr. Lena weer de ganz Dag leev ween, so dat se so nebenbi mitlopen kunn.

Sönndag moorn fohren all mitnanner up Kark an. Lena droog dat moje Dööpkleed, wat se bi Helmut bi't Uprümen funnen harr. Ganz vörsichtig weer dat in de groot Balli wuschen un vörsichtig utdrückt wurden. Bettina legg dat up Bleek, dat dat weer mooi witt wurd. Plätten de se dat denn ganz vörsichtig. Lena schull dat olle Kleed na de Karktied aver glieks weer uttrecken. Bettina trou de lütt Maag nich so recht.

Lena droog woll dat öllste Dööpkleed. Helmut wuss, dat daar al sien Uroma in döfft weer. Dat muss also mindestens hunderttwintig Johr old ween. Dat hung so mooi lang daal mit de verscheden Spitzen. Schienbaar weer dat all Handarbeit. De lütt Muus wuss sik aver to benehmen. Se keek mit groot Ogen üm sik to. Ok as se van de Pastoor dat Dööpwater över de Kopp kreeg, de se kien Mucks. Schienbaar luur se up mehr Water. Duschen much se gern. Ünner de fierlik Gottesdienst seet se blot to luren un to kieken. Middags in Huus wurr dat denn aver Tied, dat se in ehr Weeg keem. Daar kunn se so richtig mooi in schlopen.

Bettina stell dat Babyphon bi sik up Disch. So hör se glieks, wenn de lütt Hauptperson sik mucken de. De lütt Gesellschaft maak sik dat in de gemütelk Teestuuv bequem. Se stötten mit en Glas Sekt up de Tokunft un de Gesundheit van Lena an. Denn weer dat good Middageten klaar. Se leten sik dat schmecken. De Nadisch schloot dat ganze af. As Afschluß bout Helmut noch en Verdelerschnaps an, de all gern nehmen, weer doch dat Liev so vull.

Na en Verdauungsspazeergang mit Lena in Kinnerwagen setten se sik weer an en deckten Disch. Nu stunnen daar Teetassen un Kokentellers un in Midden van de Tafel riegen sik de Torten un Koken. Wat schmucken de lecker! Ditmaal seet Lena in ehr Kinnerwagen mit in Rieg. Se wurr van all betüdelt un verwehnt. Dat leet se sik gern gefallen. Helmut un

Bettina packen Geschenke ut: en mooi Kinnerbesteck, mehr Flachgeschenke för de Spaarpott, aver ok en Goodschien för de Kinnerboutique un för de Drogerie. Na en mooi Dööpfest mussen all Deerten versörgt werden. Se harren Sönndag of Alldag Schmacht. Tobias un Helmut packen mitnanner to. So weer de Arbeit fix doon. Binnen in Köken weren Karin un Ingrid flietig. Se rümen hier up, so dat moorn de normaal Alldag mit de Besökers wieder gohn kunn. Se wussen aver ok, dat se kien Koken backen bruken. Daar luren noch so lecker Torten in de Köhlung.

De Teestuuv weer good besöcht, aver ok all de verscheden Deerten funnen groten Anklang. Överall kunnen Tobias, Helmut un Bettina wat to vertellen: wo de Koh Lilly na ehr kamen weer, oder wo de Ponys en neei Tohuus funnen hebbt. Sogaar van Maxi un de Störk vertellen se.

De Mitarbeiters van de lütt Deertenpark weren good to erkennen. Se drogen T-shirts, Sweatshirts oder Westen un Jacken in en Wienrood mit en Zeeg up Rüüg. All de dunkelrood Klettden seten binanner bi ehr Fröhstück.

En besünners Volk

Tobias drucks wat rüm. „Wat hest du? Irgendwat is mit di doch nich in Rieg." wull Helmut van hüm wöten. He rutsch wat up sien Stohl hen un her un see nich recht wat. „Viellicht wööt ji, dat mien Vader Imker is. He wurd aver ok öller un de Arbeit wurd hüm all sturder. He hett daar acht Völker. Köönt de nich hier an Busch stohn? Lütt Enn wieder is ja ok de Karkhoff. Daar sünd Bleuhten genoog. Ik hebb daar över nadacht. Viellicht kann Papa denn sogaar herkamen un Kinnergaarn- un Schoolkinner de Imkeree verklookfideln. In Huus hett he en Ruum, waar he schleudert un affüllt. Hönig fehlt doch noch in de Hoffladen. Mit de Kinner kunn he hier schleudern mit sien ollen Handschleuder un se kunnen daar ehr Brötkers mit eten."

Helmut un Bettina keken sik an: „Hebbt wi de denn nich up Terrasse up Kook sitten. Well kümmert sik daar üm? Wat köst uns dat? Mööt wi denn noch Blömen anplanten?" Bettina fullen veel Fragen in. „Nee, Immen sünd nich angriffslustig. Papa strokelt de tüschenin sogaar. Dat hebb ik ok al. De föhlt sik ganz week an. Üm kümmern will ik mi daar woll. Ik bün daar mit groot wurden. Papa kummt denn seker noch gern un kickt na'n rechten. Blot denn mööt he nich mehr.

Wenn ji noch so en Streublumenwiese daar an de Kant lang saiht, is dat veel wert. Eenzigst wat de köst, is dat Zucker, to tofouern in Winter. De Hönig klaut wi ehr ja. Daar wurd aver mit verdeent. Man mööt de Rohmen woll inlöden, dat se van de Immen füllt werden köönt. Hier kann man denn so Schaurohmen ut Plexiglas maken un de Kinner un anner Gäste köönt beobachten, wo de flietig Deerten arbeid."

„Wo groot is so en Immenvolk? Un wat hett dat för en Wert?" Nu interesseeren sik ok Ingrid un Karin för de Imkeree. „En Volk besteiht ut veertig bit füfftig Dusend Immen un köst ungefähr hunnert Euro. Wenn du en Zuchtkönigin kopen wullt, köst de sowat füfftig Euro. Man kann aver sülvst egen Völker rantrecken. Daarto nehmt man en Brut ut de Kasten un daarin wurd de Königin trucken. Man kann de kennen. Se is grötter as de anner  Immen. En jungen Imm is ok veel flietiger un kann veel mehr Drohnen in Flug begatten." Tobias wuss genau Bescheed.

„Wenner fleegt de Immen denn?" wull Karin noch wöten. „Wenn dat Weer good is, fleegt se in März al up Krokus. Denn geiht dat so wieder. Se find eerst woll nich so veel, aver in Sömmer un Harvst all mehr." „Helmut un ik överleggt uns dat, Tobias. Wi geevt di de nächst Daag Bescheed." beenn Bettina de Fraagstünn. Se wuss egentlich al, wat se wull, aver man mööt sik doch beschnacken.

Avends överleggen Helmut un Bettina mitnanner: „Wat meenst du, schöölt wi Tobias sien Vörschlag annehmen? Dat weer ja ganz besünners. Dat lockt bestimmt Scholen un Kinnergaarns an. Tobias kann dat good verklaren oder anners würgelk sien Vader, wenn he kien Tied hett. Dat weer ja kien Düürdoon." Helmut harr sik de sülvig Gedanken maakt. „Jo un de Hönig in uns Laden weer bestimmt de Renner. Sowieso kunn man daar noch mehr ümto bouen. To Wiehnachten mooi Kersen ut Wass basteln. Sogaar up de Dischen kunn man de Kersen stellen. Ik freu mi up de neei Upgaav."

Mitnanner gungen se över ehr Hoff. Se keken bi ehr Koih lang, waar ok de Kalver ehr Stee harren. De Schapen blöken ehr tomööt un de Zegen sprungen meckernd üm ehr Jungen to. De Höhner seten up Rick. Moorn schullen se weer Eier leggen. Tegenan harren de Pfauen un de Störk ehr Ünnerkomen funnen. Karnickel un Meerswien seten in ehr Kastens. De Kanaaries stoken ehr Köpp ünner de Flögels. Nu noch bi de Ponys un Peer lang un kieken wat Bruno maak. Daar weer dat ok all ruhig. Ehr lütt Muus Lena leeg in ehr Weeg un nuckel in Schloop up ehr lütt Fingers. De Hünn un Katten weren in ehr Körven kropen. Dat weer en wunnerbaren Ruh in Huus.

Tobias freu sik düchtig, dat he sien Papa de good Naricht bringen kunn. De Immen trucken in laten

Harvst üm, wenn se nich mehr schwarmen. Nu muss Tobias blot immer flietig mit Zuckerwater tofouern. In de Hoffladen bout Tobias Papa de Hönig van dit Johr an. Dat wurr good annohmen. In en Groothannel weer Bettina fündig wurden. Se boden nu ok noch Echtwachskersen an.

Wurd Wiehnachten

In de Week vör de eerste Advent laad Bettina to en Bastelavend mit en Floristin in. Daar schullen hauptsächlich Kersen ut Wass un Deko ut Naturmaterialien verwend werden. Nöten, Eckern, Beeren, Zapfen legen in verscheden Grötten up Disch un ok verscheden Gröön. Bettina harr noch Beeren van ehr Strüker schneden. Dat meeste broch de Floristin mit. Daar entstunden de moiste Adventsgestecke. De een bruuk mehr Hülp as de anner. All gungen an Enn aver mit en mooi Gesteck mit na Huus. Bettina maak nu noch lütt Gestecke för all ehr Dischen in de Teestuuv.

Binnen in ehr Wohnung strohl al en groten Adventskranz mit dick rood Kersen. Daar bummel holten Schmuck an. Bettina much dat gern överall wat anners lieden. Ehr wurr dat sonst langwielig. Nu keem de Tied weer, dat se buten de Hoff weer schmücken wull mit beleucht Wiehnachtsbööm. Se wullen ja ehr Adventsmarkt maken.

En Berlinerbacker harr anfraagt, of he sien Wagen hier upstellen drüff. Helmut un Tobias grillen weer Wurst un denn weren daar noch de einheimisch

Holtkünstlers oder de Schmidd, de so fein Iesenarbeiten anbeden de.

Sogaar en Zauberer weer in de Teestuuv un bespaaß de Kinner. He leet Ballen verschwinnen, hol Geldstücken achter de Kinner ehr Ohren weg. Denn weer de gröön Luftballon tomaal rood. Immer drüffen de Kinner hüm ünnerstützen. Se seten daar mit glänzend Ogen. Nu klopp de Wiehnachtsmann an de Döör. He brooch jeden Kind wat to schlickern un en roodbackigen Appel.

Üm dat Lagerfüür seten grötter Kinner to Stockbrood backen. In ehr Gesichten kunn man de Flammen danzen sehn. Bettina stund mit de dick inmummelt Lena up Arm un beobacht de Kinner un ok de anner

Gasten, de sik Punsch un Wurst schmecken leten. De Röök van Mandeln truck na ehr röver. Daar wull se sik noch en lütten Tuut van retten. Se weer en Leckerbeck.

Tobias versörg in Schüür de Deerten. Se luren as jeden Avend up ehr Mahltied. Van Avend wurr dat later, bit hier Ruh inkehr un de Wiehnachtsmusik verstumm. So en Wiehnachtsmarkt weer doch wat besünners. Nu schull dat in ehr Deertenpark ruhig werden. Se wullen mit Lena Wiehnachten fieren. De Deerten wurden afwesselnd von Helmut un Tobias versörgt.

En Wiehnachtsfier van de Frauenkreis schull noch ween in de Week vör Wiehnachten. Daar kümmer sik Bettina alleen üm. De Grupp weer nich so groot un wull bi ehr Avendbrood eten. Dat geev sülvstmaakt Fleesch- un Heringssalaad, füllt Eier, verscheden Sorten Schink un Wurst un Kääs. Daarto sülvstbackt Brood. De Damen leten sik dat good schmecken. Mit veel Loof un good Wünschen to Wiehnachten un dat neei Johr verafscheden se sik.

Mit groot Treden keem nu dat Föhrjohr un nu fungen de eerst Immen an to schwarmen. Bi Bettina un Helmut in Rasen bleuhen Krokus un Schneeglöckchen. Dat surr all. Dat schull woll nich mehr lang düren un se kunnen ehr eersten Hönig schleudern. Denn wullen se de eerst Führungen mit de Immen maken. Tobias sien Papa, Hermann, freu sik daar al up. He keem faken eben vörbi, üm to kontrolleeren, of Tobias de Deerten good versörg. He weer tofree.

De neei Saison fangt an

Nu weren de verlööt Rohms insett un wurden beobacht. Dat düür sien Tied, bit all Waben schloten weren. Nu kunnen se mit de lütte Schleuder dat eerste Maal schleudern. Nie harren se leckeren Hönig eten. Dat weer de richtig Entschedung ween. Nu kemen ok weer Kinnergaarnkinner un wullen wöten, wo de Immen leven. Sogaar Schoolkinner interesseeren sik daar för. De Utflüüg in de Deertenpark weer en Fest för de Kinner. School fullt ut un de Kinnergaarn maak en Utflug. En mojen Speelplatz lockt immer.

Je mojer de Sömmer wurr, je mehr Radfohrergruppen melden sik to en Hofführung mit Immenschau, un dat weer dat wichtigst, an. Anschließend geev dat Bienenstich to de Tee. As besünner Mitgeevsel kregen de Gasten dat Rezept van de Bienenstich mit. Daar stund denn noch up, wat dat all in de Hoffladen to kopen geev. De Hönigverkoop leep good. Tüschenin sprung Hermann sogaar bi Führungen in, wenn Tobias un Helmut dat drock harren. Se mussen ja för Winterfouer sörgen. All arbeiten Hand in Hand. Veel Minschen un Deerten tummeln sik in de Park. Weer ja to   mooi daar.

Bettina harr in ehr lütt Gemüüstuun ok en Gewächshuus stohn. Hier wussen Tomaten in verscheden Sorten un Gurken. Radieschen weren al bolt ruut. De Salaadplanten weren anfreten. De Kohlrabiplanten ok. Well de dat? Nu keek se genauer. Wat kroop daar denn? De oll schwart Nacktsniggen! De mussen hier weer verschwinden. Blot wo? Daar muss se ehr Manlüü eerst na fragen.

Hermann harr ehr de passend Raat geven: Loopaanten. Wenn se de mit up Grundstück lopen leet to Sniggen sammeln, freten de Sniggen dat Gemüüs nich mehr. Se wull sik en Paar Aanten anschaffen. In Kleinanzeigen stunnen welk in un daar wull se anropen.

Se harr nalesen, wo se de hollen muss. Ehr Tuun muss se afriecheln, dat de Loopaanten de nich plünnern. Denn muss daar noch en Teich hen, dat se sik so richtig rein waschen kunnen. Avends schullen se in de groot Schüür, waar se ehr fast Stee kregen. Hier geev dat ok blot avends un moorns Karns to freten un denn keem de Klapp dicht. Wenn se denn Eier leggen wullen, kunnen se dat daar doon un denn wull se sehn, wo sik dat entwickel.

Düür nich lang un twee mooi schillernd Aanten, Fritz un Frieda, stolzeeren hoch erhobenen Hauptes bi ehr up Grasacker. Kien Week un de Sniggenplaag weer överstohn. Se leven sik flink in un danken dat mit Eier. Eerst klau Bettina ehr de. Do överleeg se sik, dat so lütt Kükens doch wat nüdelks weren. So leet se nu sess Eier utbröden. Se wuss dat se de Kükens glieks van de Ollen trennen muss, anners trakteer de Erpel ehr. Se truck de Kükens sowiet groot, dat se alleen leben kunnen. Denn wurden se afgeven. Se schullen ok weer Sniggen sammeln. In de Hoffladen wies en Schild up ehr tosätzlich Angeboot hen.

Lena löppt!

Lena wuss nu, waarto se ehr Benen bruken kunn. Se kunn lopen. Woll noch wat unseker, leet man ehr aver ut Ogen, weer se weg. Överall fund man ehr Speeltüüg. Dat schleep se immer mit sik rüm. Rosi, de lütt Hund, week nich van ehr Siet. Harr Lena en quietschend Speeldeert un leet dat fallen, freu sik de Hund. Dat wurr schüddelt, dat dat mögelst veel Skandaal maak. Kött maken de se nix. Blot Lena drüff dat nich mehr hebben. Dat Speeltüüg muss eerst reinmaakt werden. Se stook noch allens in Mund.

„Wat maakt wi blot? Wi köönt Rosi doch nich insperren. Lena mööt ok mit ehr Speeltüüg spelen." „Fraag doch maal de Veehdoktor. Viellicht wööt de Raat." Helmut wuss anners kien Utweg. Bettina wull hüm de nächst Daag maal anropen. So gung dat nich wieder.
„Wat maakt Rosi? Se drocht Lena ehr Speeltüüg na? Denn will se mit ehr spelen." Dr. Pinkepank froog lachend na. „Nee, dat deit se nich. Se speelt daar sülvst mit. Dat is doch nich normaal. Wat köönt wi blot doon?" Bettina seeg sik kien Raad. „Ik glööv, Rosi mööt en egen Quietschedeert hebben. Denn kunn

dat viellicht weer good werden. Dat gifft so Höhner, de quietscht. De sünd extra för Deerten."

De wull Bettina nu besörgen. Viellicht bruken se denn nich immer mehr uppassen, wecker Deerten Rosi Lena al weer klaut harr.

Eerst wull Rosi de komisch Henn nich nehmen. Do hebbt Bettina un Helmut ehr uttrickst. Se leten Lena

daar mit spelen. Dat düür nich lang un de wurr för ehr uninteressant. Midden in Teestuuv leet se de Gummigeier, so nööm Bettina dat Qietschedeert, fallen. Düür nich lang un Rosi maak sik daar över her. Nu muss Lena lehren, dat dat Rosis Speeltüüg weer. Aver se begreep dat graad. Nu keem dat schlimmste. Good dat mooi Weer weer. Nich blot Rosi qietsch mit ehr Gummigeier rüm, nee ok Lena speel gern mit dat Speeltüüg, wat Geluut van sik geev. Bi Lena tuschen se dat tegen geräuscharm Speeltüüg ut. Se schull kien Gasten daarmit belästigen. Rosi drüff mit ehr Gummigeier blot buten spelen.

De lütt Lena wurr ganz verwehnt in de Teestuuv. Bi jeder Teetass geev dat en sülvstbackten Sprützkook. De wurr ehr immer in Hand drückt. To de Mahltieden much de lütt Muus denn nix mehr. Karin un Ingrid weren daarto övergohn, wenn se mitkregen, dat de Lüü de lütt nüdelk Püppi wat tosteken wullen, de Gasten Obst- un Gemüüsstücken hen to stellen. Dat weer gesünder. Eerst wurr sik woll wunnert, denn stött dat up Verständnis.

All Gasten in de gemütelk Teestuuv föhlen sik woll un kemen gern bi ehr. Bedrief weer immer, maal Kinnergruppen, denn Geburtsdagsgesellschaften, anner Gruppen melden sik an to fröhstücken oder namiddags to Tee oder Koffie un Kook. Dit Johr wullen se to'n eersten Maal en Konfirmationsgesellschaft bewirten.

Nebenan in de Hoffladen weer immer Bedrief. Alleen wegen de Eier kemen de Lüü van Wiet un Siet. Man kreeg nich överall Aanteneier un nu noch de good Hönig. Denn führen se allerbest Gemüüs, Tuffels un Obst. Up Bestellung kunn man sogaar Fleesch un Wurst ut egen Schlachteree kriegen. Hier drängeln sik mennigmaal de Kunden.

Gern gungen de Lüü denn noch över ehr Hoff un keken, of se woll weer neei Deerten daarto kamen weren. De Kinner spelen gern up de Speelplatz, waar nu en Zug mit Waggons stund. De holten Peer luren, dat se reden wurden. An Siet stund nu noch en

Schaukel. Hier kunnen Kinner richtig Spaaß hebben.

Bettina un Helmut weren sik enig. Dat weer de richtige Entschedung ween, ut de Hoff en Deertenpark to maken. Se weren glückelk mitnanner un dat se ehr Arbeit mit nanner maken kunnen weer dat Allerbest. De Krönung van allem weer aver ehr lütt Sünnenschien Lena. Dat lütt Minsch misch ganz mooi mit in ehr Leven.

De Deertenpark un de Hoff beherberg nu dree glückelk Minschen un veel verscheden Deerten. Daar harren sogaar veel anner Lüü Pläseer an.

Helma Gerjets
Die gebürtige Reepsholterin lebt seit knapp drei Jahren in Hesel/ Leer. Die Mutter und Oma kocht gern, auch die Arbeit mit Kindern macht ihr viel Freude.Mit ihren Büchern in ihrer plattdeutschen Muttersprache leistet sie ihren eigenen Beitrag zum Erhalt der plattdeutschen Sprache. Wir halten jetzt das 13. Buch in den Händen.

Henning H. Hinrichs hat nun das neunte Buch gesetzt und somit den Druck vorbereitet. Dank auch an ihn.

Im Eingenverlag erschienen bisher folgende Bücher:

Höhnerklatsch
ISBN 978 374 311 501 9

Dat Leven geiht wieder
ISBN 978 375 286 750 3

Wurd weer Wiehnachten
ISBN 978 374 601 682 5

Familienbande
ISBN 978 384 822 353 4

Ünnerwegs
ISBN: 978 – 375 287 334 4

Mit Eten un Backen dör't Johr
ISBN 978 – 374 816 580 4

Andere Werke sind im Adlersteinverlag erschienen:

Kater und Stiekelswien
ISBN: 978 384 480 616

Is denn al Wiehnachten?
ISBN: 978 384 480 37 54

Mit Rieko und Fidi dör't Johr
ISBN: 978 384 823 188 67

Van't Eten un Drinken
ISBN: 978 373 228 476 4

Johann un Gisela – en Leevde
ISBN: 978 373 608 670

Neei Navers
ISBN: 978 – 373 920 501 4